最受欢迎的

背景墙与吊顶设计800例

玄关·过道·卧室

● 骁毅文化 / 主编

化学工业出版社
·北京·

为本套书提供图片资料的设计师及单位有（排名不分先后）：

图书在版编目（CIP）数据

最受欢迎的背景墙与吊顶设计800例. 玄关.过道.
卧室 / 骁毅文化主编.-北京 ：化学工业出版社，2011.5
ISBN 978-7-122-10927-9

Ⅰ. 最… Ⅱ. 骁… Ⅲ. ①住宅-装饰墙-室内装
饰设计-图集②住宅-顶棚-室内装饰设计-图集 Ⅳ.
TU241-64

中国版本图书馆CIP数据核字(2011)第056555号

责任编辑：王斌　林俐　　　　　　　　装帧设计：骁毅文化
责任校对：郑捷

出版发行　化学工业出版社(北京市东城区青年湖南街13号　邮政编码100011)
印　　装　北京画中画印刷有限公司
889mm×1194mm　1/20　印张　5　2011年6月北京第1版第1次印刷

购书咨询：010-64518888（传真：010-64519686）　售后服务：010-64518899
网　　址：http://www.cip.com.cn
凡购买本书，如有缺损质量问题，本社销售中心负责调换。

前言

FOREWORD

　　背景墙是影响空间效果最为明显的部位，一直以来都是装修中的重点。客厅、卧室、餐厅等无不需要墙面的烘托，从某种意义上说，墙面效果决定了整个空间装修的成功与否！如今，墙面的装饰无论是材料，还是设计手法都有翻天覆地的变化，墙面作为家居装修中的"脸面"工程也越来越丰富多彩。

　　随着人们生活水平的提高，对吊顶的装饰作用日渐重视起来，在注重细节的今天，吊顶设计有了全新的形象，其作用不仅限于遮挡设备、设置灯饰，更上升到审美的高度。人们认识到，吊顶是私密空间的一片天空，吊顶设计对居室空间的影响非常大，并会在很大程度上左右人的心境。于是，怎样装饰一方出彩的天花吊顶也成为装饰中的重头戏。

　　正是基于上述出发点，本套丛书选取有针对性的五大家居空间的背景墙与吊顶设计进行全面的介绍，分为《客厅·餐厅》、《玄关·过道·卧室》两册，每册均涵盖实用的小贴士和400余例的最新案例展示，以提供读者最为便捷、最为可行的参考信息。

　　参与本书编写的有：于兆山、蔡志宏、刘彦萍、张志贵、刘杰、李四磊、孙银青、肖冠军、孙盼、王勇、李军歌、赵延辉、田小霞、王国诚、桑文慧、葛卫娜、邓毅丰、黄肖、赵延辉、王国诚、田小霞、王军。

CONTENTS

卧室墙面

卧室背景墙设计原则

传统观念中，卧室的装修效果应该以温馨、平和为主，这主要是为了营造出良好的睡眠环境。但是，看腻了一贯的"柔情似水"后，现在许多人也开始追求卧室的个性表现。其主要手法就是将客厅的装修设计"移植"到卧室中来，通过营造主题背景墙或者顶棚与地面的变化，使原本平静的卧室，也展现出别具一格的魅力。

卧室背景墙色彩搭配原则

从颜色上来讲，卧室的色调应该以宁静、和谐为主旋律，因此卧室不宜追求过于浓烈的色彩。一般来讲，光线比较充足的卧室可选中性偏冷色调的墙面，如湖绿色、浅蓝色等；室内光线较暗淡的可选中性偏暖的颜色，如米黄色、亮粉、红色等。

卧室背景墙材料应用原则

从墙面的材料上来讲，选择的范围比较广，任何色彩、图案、冷暖色调的涂料、壁纸均可使用；但值得注意的是，面积较小的卧室，材料选择的范围相对小一些，小花、偏暖色调、浅淡的图案较为适宜。同时，卧室墙面要考虑墙面材质与卧室家具材质和其他饰品材质的搭配，以取得整体配置的美感。

床头背景墙设计方法

很多人喜欢靠在床头看书、看电视，容易把墙壁弄脏，因此在靠近床头的墙壁上要用装饰板做一个"床头造型"。这个造型不仅美化了空间，强调了床在卧室中的主体地位，而且保护了墙壁、方便清洁。

卧室背景墙的灯光设计

　　卧室背景墙的灯光布置多以主要饰面的局部照明来处理，还应与该区域的顶面灯光协调考虑，灯壳尤其是灯泡都应尽量隐蔽为好。通过不同方位的灯光，进行局部构造，便可以打造出形状各异、色彩绚丽的个性化背景墙。这是一种较含蓄的背景墙装饰效果。

层高有限的卧室背景墙设计方法

如果卧室的层高有限，不妨试试用色彩对比强烈的竖式条纹的壁纸和饰品来装饰墙面。卧室比较窄的话则可以选用横式条纹的壁纸和饰品来装饰墙面。在狭窄的两端使用醒目的装饰，可以利用材料的反差、对比，让空间看上去更协调。

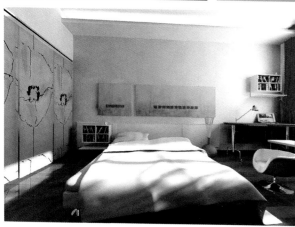

纯色卧室的背景墙设计

　　纯色卧室更能贴近生活，但是如果觉得纯净的卧室氛围过于安静，则可以用小面积的对比色来活跃一下氛围。厚重的色彩可以局部点缀淡雅的颜色，相反，素雅的空间不妨试试用紫色或红色这类迷幻的颜色进行点缀，鲜明的搭配让空间充满个性。

卧室背景墙材料之软木

软木饰板有良好的吸音效果，用它来装饰卧室背景墙能达到很好的效果。具体做法是在需要装饰的墙体上用板材进行背部处理，然后在上面用诸如红榉、白榉、酸枝、花梨等饰板进行拼花造型，达到美观效果。

卧室背景墙设计注意事项

　　卧室装饰忌用反光强的材料，或雕刻太甚的图形，否则睡觉时极易产生幻觉，太繁杂的空间环境容易使人失眠。卧室是休闲的地方，不要太重雕琢，否则容易给人以不安定的感觉。

田园卧室背景墙设计方法

　　田园家居里的花朵图案过多，会让人觉得过于"甜腻"，所以在墙面、家具、小饰品上一定要有所取舍。在墙面上如果选择了小碎花的图案，那么家具就选择纯白色或者较浅的单色；如果家具上有较多的花卉图案，那么墙面就选择单色，甚至深一点的颜色让整个基调更沉稳。

欧式古典卧室背景墙设计方法

　　欧式古典主义风格家居讲究的是品位与身份，力求给人奢华、大气的感觉。现在，这种新复古风格已经不再追求隆重繁复的设计，转而更倾向于营造一种"低调的奢华"感。酒红色、金色、丁香紫、烟灰色、赭石色等都是不错的主题色选择。

卧室吊顶

■ 卧室吊顶设计原则

　　吊顶是卧室顶面设计的重点之一，其造型、颜色及尺度直接影响到人在卧室的舒适度。一般情况下，卧室的吊顶宜简不宜繁、宜薄不宜厚。如果做独立吊顶时，吊顶不可与床离得太近，否则人会有压抑感。

卧室吊顶色彩搭配原则

　　卧室的顶面装饰是卧室装饰设计的重点环节之一，一般以简洁、淡雅、温馨的色系为好。色彩以统一、和谐、淡雅为宜，对局部的颜色搭配应慎重，过于强烈的对比会影响人休息和睡眠的质量。一般来说，卧室的颜色大多是自上而下，由浅到深，给人一种稳定感，否则容易给人头重脚轻的不稳定感。

卧室吊顶材料应用原则

卧室吊顶具有统一室内高度、收纳梁柱、规划室内空间和灯光、收束壁面、统一室内系统的功能。卧室吊顶常用乳胶漆、多彩喷塑、壁纸等材料。不论采用什么材料，重要的是顶面应平整，面板接缝处理要自然、平滑。

▊▊ 卧室吊顶之灯光设计

　　卧室是休息的地方，除了提供易于睡眠的柔和光源之外，更重要的是要以灯光的布置来缓解白天紧张的生活压力，卧室的照明应以柔和色调为主。卧室的照明可分为照亮整个室内的顶灯、床灯以及较低的夜灯两部分。顶灯光线不应刺眼；床灯可使室内的光线变得柔和，充满浪漫的气氛；夜灯产生的阴影可使室内看起来更宽敞。

■■ 阴暗卧室的吊顶设计

如果卧室光线不太好，建议用白色等浅色系来装饰吊顶，不仅有增强采光的作用，还能拉伸视觉高度。卧室顶面的灯光布置，多以主要局部照明来处理，还应与墙面灯光协调考虑，灯饰应尽量隐蔽为妥。

■ 吊顶材料之石膏板

　　用石膏板做吊顶造型一直没有被装饰的潮流所摒弃，简单的东西往往可以有着更多样的变化，你可以任意安排它们的形状、排列方式、大小、颜色，这种凹凸的造型让平铺直叙的过道顶面层次错落，光影生动。

卧室吊顶之组合吊顶

　　为了满足美观和实用的双方面要求，可以在卧室采用一个弧形吊顶，使顶面造型个性、自由。顶面周围的暗藏灯光使吊顶具有飘浮感，而且补充夜间的室内整体照明，使整个空间充满了高贵雅致的气息。

■ 吊顶形式之藻井式吊顶

　　藻井式吊顶的前提是，房间必须有一定的高度（高于2.85米），且房间较大。它的式样是在房间的四周进行局部吊顶，可设计成一层或两层，装修后的效果有增加空间高度的感觉，还可以改变室内的灯光照明效果。

■■ 吊顶材料之木材

采用木材吊顶板制作的吊顶，可分为板条吊顶和板材吊顶两种。板条吊顶由吊木和小梁等组成的木龙骨及钉于龙骨上的灰板条构成，在灰板条上进行湿法抹灰，多用于坡屋顶的顶面。板材吊顶是将层合板或纤唯板安装于木龙骨上，在板材上可配以木线和木饰，最后进行油漆涂刷，能够做成复杂形状的吊顶，如灯池。木吊顶与石膏吊顶相比具有寿命长，耐湿性好和易清洁的优势，缺点是易燃和造价较高。

▌▌卧室吊顶设计注意事项

　　有的卧室建筑顶面原本四方平整，并无主次梁突出，然而，做装饰时却大动干戈，非要在四周做一两层跌级，并在跌级内装满日光灯带，四周边上装满射灯或节能灯，或者装上彩色日光管，这便使整个居室显得商业气氛很浓，破坏了卧室的休息环境。

玄关墙面

■■ 玄关背景墙设计原则

　　玄关的空间相对狭小，人的注意力往往会被空间结构所吸引。这个时候空间的主色调不妨素雅一点，然后再用一些颜色比较跳跃的配饰来装点空间，在低调的背景下，让它们成为空间的主角。

玄关背景墙色彩搭配原则

　　玄关的墙面色调是视线最先接触的地方。清爽的水湖蓝、温情的橙黄、浪漫的粉紫、淡雅的嫩绿，缤纷的玄关色彩能带给人不同的心境，也暗示着室内空间的主色调。玄关的墙面最好以中性偏暖的色系为宜，能让人很快摆脱令人疲惫的外界环境，体味到家的温馨，感觉到家的包容。

玄关背景墙材料应用原则

　　玄关装修中，选择对了合适的材料，才能起到"点睛"作用。一般设计玄关常采用的墙面有木材、夹板贴面、雕塑玻璃、喷砂彩绘玻璃、镶嵌玻璃、玻璃砖、镜屏、不锈钢、塑胶饰面材以及壁毯、壁纸等。

玄关背景墙颜色搭配注意事项

在设计背景墙颜色的搭配时，一定要考虑自身对颜色的反应。如果觉得卧室出现太多颜色会过于刺激。就不妨在原有的背景色下刷上几抹颜色，或者选择换较浅的色度。如果你不能确定自己能适应多浓烈的颜色，那就少用几种颜色，从局部做起，然后再慢慢增加。

欧式古典玄关背景墙设计方法

想把玄关布置成欧式古典风格，不妨采用对称方式摆放和布局，这样能很好地突出新古典气质。同时墙面最好有一定的留白处理，留白处用不同配饰调节，增加细节的层次。用古典元素装点玄关，一般要避免对比色的冲突。

阴暗玄关背景墙设计方法

　　玄关的墙面一般不宜做造型，一般作为背景烘托，起到点缀作用，色彩不宜过多。墙面采用壁纸或漆彩均可，但是，如果玄关里的光线较暗且空间狭小，最好选择较清淡明亮的色彩，避免在这个局促的空间里堆砌太多让人眼花缭乱的色彩与图案。

玄关吊顶

玄关吊顶设计原则

在巧妙构思下，玄关吊顶往往成为极具表现力的室内一景。它可以是自由流畅的曲线；也可以是层次分明、凹凸变化的几何体；也可以是大胆露骨的木龙骨，上面悬挂点点绿意。需要把握的原则是：简洁、整体统一、有个性；要将玄关的吊顶和客厅的吊顶结合起来考虑。

玄关吊顶色彩搭配原则

　　玄关虽然相对独立，但其吊顶绝不是独立的，一定要和整个空间相呼应。一般而言，在色彩选择方面，最保守同时也是最好的方法就是选择白色，然后局部混搭亮色。一般来说，这样的色调与整体环境能较好地搭配起来。

玄关吊顶材料应用原则

吊顶在玄关装饰中占有相当重要的地位，对玄关顶面作适当的装饰，不仅能美化室内环境，还能营造出丰富多彩的室内空间形象。在选择玄关吊顶装饰材料时，要遵循既省材、牢固、安全，又美观、实用的原则，常用的材料有石膏板、夹板、玻璃等。

玄关吊顶之灯光设计

　　玄关的光照应柔和明亮，可根据顶面造型暗装灯带，镶嵌射灯，设计别致的轨道灯或简练的吊杆灯，也可以在墙壁上安装一盏或两盏造型独特的壁灯，保证门厅内有较好的亮度，使玄关环境高雅精致。当然，灯光效果应有重点，不可面面俱到。

玄关吊顶之局部吊顶

在居室的顶部有水、暖、气管道，而且房间的高度又不允许进行全部吊顶的情况下，常采用一种局部吊顶的方式。这种方式的最好模式是让水、电、气管道靠近边墙附近，装修出来的效果与异型吊顶相似。

玄关吊顶之检修口

在设计玄关吊顶时，无论何种风格，都建议在吊顶比较隐蔽的部位设置检修口，并对其进行艺术处理，如与灯具或装饰物相结合设置，既不影响美观又方便维修天花吊顶内管线的故障。

过道墙面

过道背景墙设计原则

过道背景墙并不是越漂亮越好，作为家居空间中的一面，必须与其他五个面相融合，否则在视觉上便会失衡，尤其是在面积相对紧凑的过道中更是如此。过道的空间较为狭长，其端头可以说是最容易出彩的地方，不妨在这儿做一些造型或者装饰，让它成为空间的视觉焦点。

过道背景墙色彩搭配原则

在过道背景墙的色彩设计中，过多的色彩参与往往显得纷杂，在色彩上做减法可以减去突兀的旁色或者分散注意力的杂色。运用无彩色系，单色系或者协调色系，就能够营造出温馨而贴近生活的色调。

过道背景墙材料应用原则

过道墙面的装饰效果由装修材料的质感、线条图案及色彩等三方面因素构成，最常见的装饰材料有涂料和壁纸。一般来说，过道墙面可以采用与居室颜色相同的乳胶漆或壁纸。如果过道连接的两个空间色彩不同，原则上过道墙面的色彩与面积大的空间相同。

过道背景墙的装饰方法

不妨将过道的墙面当作一个展示空间，倘若预算还够，也可以在过道顶面上装上几盏嵌灯或投射灯，然后在过道的墙面挂上收藏的画作、饰品等，原本只是路过的过道就成了小小艺廊了。

过道背景墙材料之壁纸

　　用壁纸做背景墙，施工简单，尤其适合"喜新厌旧"的人。用壁纸做背景墙更换起来非常方便，由于品种繁多，它们价格差距很大，低的几元每平方米，高的几百元每平方米。如果你是一个慵懒的人，不想经常更换壁纸，又怕会产生视觉疲劳，那不妨选用颜色较浅的花色。

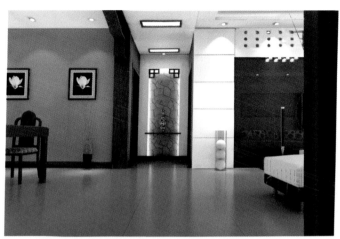

过道吊顶

■ 过道吊顶设计原则

　　过道顶面的装修须以人体工程学、美学为依据进行。从高度上来说，不应小于2.5米，否则，应尽量不做造型吊顶，而选用石膏线框装饰，或者用清淡的阴角线或平角线等都可起到装饰作用，不一定要用吊顶的手法来处理。过分装饰会造成视觉上的心理负担。

过道吊顶色彩搭配原则

过道吊顶的色彩非常重要。在色彩的处理上要注意和相邻空间相适应，暖色调的过道可适当加一些饰物，营造一种亲切的感觉，冷色调的过道，设计、布置都应尽量简洁，这样空间会显得更宽敞明亮。

▌过道吊顶材料应用原则

　　过道的顶面装饰可利用原顶结构刷乳胶漆稍做处理，也可以采用石膏板做艺术吊顶，外刷乳胶漆，收口采用木质或石膏阴角线，这样既能丰富顶面造型，又利于进行过道灯光设计。顶面的灯光设计应与相邻客厅相协调，可采用射灯、筒灯、串灯等样式。

■▎ 过道吊灯之灯光设计

　　过道应避免只依靠一个光源提供照明，这样会把人的注意力集中在一盏灯上而忽略其他因素，也会给空间造成压抑感。过道的灯光应该有层次，通过无形的灯光变化让空间富有生命力。

■ 利用吊顶划分不同的功能空间

如果居室的多个不同功能空间都集中在一个大环境里，区域就很难划分，规划得不好效果就很清淡无味，如果单纯用家具划分就会使空间显得很拥挤，这时候最好的办法就是通过做错落有致的吊顶来划分两个区域。

化解过道顶面横梁的方法

如果过道的顶部有横梁，可请装修工人做一个假吊顶来遮挡横梁，同时安装灯具，让空间看起来更规整。过道顶上不宜张贴镜片。过道顶上的吊顶若以镜片砌成，通过时就可见自己的倒影，产生头重脚轻之感，须尽量避免。